AF349499

*L.*** (de) 1868 - Février 19*

CATALOGUE

DE

LA COLLECTION

D'AUTOGRAPHES

ET

ALBUMS DE TIMBRES-POSTE

De feu M. de L***

DONT LA VENTE AURA LIEU

RUE DES BONS-ENFANTS, N° 28

SALLE N° 4

Le Mercredi 19 Février 1868

A SEPT HEURES DU SOIR

Par le ministère de **M° ÉMILE LECOCQ**, Commissaire-Priseur,
rue de la Victoire, 20,
Assisté de **M. LAVIGNE**, Expert-Libraire, rue de Trévise, 38,
CHEZ LESQUELS SE DÉLIVRE LE PRÉSENT CATALOGUE.

PARIS

LAVIGNE, EXPERT-LIBRAIRE

DE LA CHAMBRE DES COMMISSAIRES-PRISEURS

38, RUE DE TRÉVISE, 38

—

1868

CONDITIONS DE LA VENTE

Elle sera faite au comptant.

Les Acquéreurs paieront CINQ POUR CENT en sus du prix d'adjudication, applicables aux frais.

N. B. — **Les ALBUMS de TIMBRES - POSTE seront vendus à huit heures et demie.**

TIMBRES-POSTE

1. Un **ALBUM DE TIMBRES-POSTE** contenant plus de 2,000 Timbres neufs pour la plupart, in-4, d.-rel. mar. du Levant, br.

Allemagne off. Tour et Taxis, 44 t. — Autriche, 72 t. — Lombardo-Vénitie, 33 t. — Bade, 35 t. — Bavière, 17 t. — Belgique, 20 t. Bergedorf, 8 t. — Bolivie, 5 t. — Brême, 10 t., 2 envel. t. — Brésil, 32 t. — Brunswick, 21 t., 1 envel. — Buénos-Ayres, 13 t. — Chili, 9 t. — Confédération Argentine, 11 t. — Costa-Rica, 4 t. — Danemark, 15 t. 2 envel. — Schleswig-Holstein, 5 t. — Egypte, 7 t. — Rép-Dominicaine, 1 t. — Equateur, 1 t. — Espagne, 81 t. — Cuba, 21 t. Luçon, 13 t. — Etats de l'Eglise, 23 t. — Etats annexés, 9 t. — Etats-Unis d'Amérique, 48 t. — Etats Confédérés, 11 t. — Etats-Unis, 26 t. — Offices particuliers, 127 t. — France, 94 t. — France, colonies, 13 t. — Grande-Bretagne, 80 t., 4 envel. — Australie, 23 t. — Antigua, 2 t. — Bahamas, 5 t. — Barbade, 8 t. — Canada, 18 t. — Cap de Bonne-Espérance, 14 t. — Ceylan, 20 t., 3 envel. — Vancouver, 1 t. — Grenade, 1 t. — Guyane, 15 t. — Honduras, 2 t. — Hong-Kong, 13 t. — Iles Ioniennes, 3 t. — Jamaïque, 9 t. — Inde, 28 t. — Malte, 2 t. — Ile Maurice, 32 t. — Natal, 6 t. — Nevis, 4 t. — Nouv. Brunswick, 6 t. — Nouv. Ecosse, 11 t. — Nouv. Galles, 39 t. — Nouv. Zélande, 9 t. — Prince-Edouard, 5 t. — Queensland, 6 t. — Sainte-Hélène, 4 t. — Sainte-Lucie, 6 t. — Saint-Vincent, 2 t. — Sierra-Leone, 1 t. — Terre-Neuve, 15 t. — Trinité, 16 t. — Van-Diémen, 12 t. — Victoria, 40 t. — Iles Vierges 2 t. — Grèce, 17 t. — Hambourg, 11 t. — Offices particuliers, 86. — Hanovre, 27 t. — Holstein, 5 t. — Schleswig, 6 t. — Honolulu, 6 t. — Italie, 18 t. — Liberia, 3 t. — Lubeck, 16 t. — Luxembourg, 12 t. — Mecklembourg, 16 t. — Mexique, 23 t. — Montevideo, 19. — Moldo-Valachie, 15 t. — Modène, 17 t. — Naples, 14 t. — Deux-Siciles, 13 t. — Naples, Gouv. prov., 14 t. Nicaragua, 3 t. — Nouvelle-Grenade, 19 t. — Oldenbourg, 27 t. Pacific Steam navigation, 9 t. — Paraguay, 1 t. — Parme, 24 t. — Pays-Bas, 8 t. — Java, 2 t. — Pérou, 12 t. — Portugal, 17 t. Prusse, 32 t. — Pologne, 4 t., 1 envel. — Russie, 13 t. — Finlande, 13 t. — Livonie, 4 t. — Sardaigne, 32 t. — Saxe, 41 t. — Suède et Norwège, 23 t. — Servie, 1 t. — Suisse, 43 t. — Toscane, 26 t. — Turquie, 27 t. — Venezuela, 14 t. — Saint-Thomas la Guyara, 9 t. — Wurtemberg, 27 t.

2. Un **ALBUM DE TIMBRES-POSTE** contenant près de 1,500 Timbres étrangers.

3. Un **ALBUM** contenant environ 100 Timbres.

4. Environ 800 Timbres français et étrangers.

AUTOGRAPHES

1. SOUVERAINS. — FAMILLE DES BOURBONS.

Louis XV. P. s. — Louis XVI. P. s. avec plusieurs portraits. — Louis XVIII. — Duc d'Angoulême. — Comte de Chambord. — Louis-Philippe Ier. — Philippe-Égalité. — Louis-Joseph de Bourbon, prince de Condé. — Ch. de Lorraine, prince de Lambesc. Ens. 9 dossiers.

2. SOUVERAINS. — FAMILLE BONAPARTE.

Napoléon Ier. Brevet s., contresigné Berthier et Maret. — Joséphine. B. a. s., sur papier Impérial.—Lucien Bonaparte, ministre de l'Intérieur. S. — Élisa, duchesse de Piombino. S. — Bonaparte Napoléon. — Princesse Mathilde. — Ch.-Luc. Bonaparte. — Ant. Bonaparte. — Letizia Bonaparte. — J. Murat. L. Murat. — De Salvage (*dame d'honneur de la reine Hortense*). — Comtesse de Beauharnais. — Vicomtesse Clary. Ens. 14 dossiers.

3. SOUVERAINS.

Pie IX. P. s. — Maria-Christina, reine douairière d'Espagne. L. a. s. — Duc de Rianzarez. — Don Carlos. — Comte de Montemolin. — Frédéric-Guillaume, roi de Prusse. P. s. — Prince de Prusse. Ens. 6 dossiers.

4. SOUVERAINS.

Pomaré Vahine, reine de Papetee, îles Marquises. 2 l. a. s. — Florestan Grimaldi, prince de Monaco. L. a. s.

5. AMBASSADEURS ET DIPLOMATES.

Des Portes. 2 l. a. s. — Antonini. S. — Benedetti. S. — D. Arnau y de Aoiz. Plusieurs pièces signées. — Barthélemy. B. a. s. — Blondel van Cuibbrouk. L. a. s. — Canclaux. B. a. s. — Cougot. L. a. s. — Lord et Lady Cowley. — Fauchet (Jos.). — Favre (Léon). L. a. s. — Gros. L. a. s. — Halphen. L. a. s. — De Lagrené. 3 l. a. s. Ens. 14 dossiers.

6. AMBASSADEURS ET DIPLOMATS.

Marcellus (comte de). L. a. s. — Orloff (comte). S. — D'Ottenfeld. L. a. s. — De Ricci. S. — Roches. L. a s. — Seebach (Baron de). L. a. s. — Serrano. L. a. s. — Sieyes. S. Soulé. L. a. s. — Straford de Redcliffe. S. — Valdegamas. L. a. s., au cardinal Fornari avec un manuscrit en espagnol sur les erreurs du temps. — Villamarina. S. — Viluma (de). S. Ens. 13 dossiers.

— 5 —

7. MINISTRES.

Lettres autographes, apostilles, signatures. 16 dossiers, dont :

ABRIAL. — BARBÉ-MARBOIS. — BENNEZECH. — BIGOT DE PREAMENEU. — CHAMPION. — CHAPTAL. — LORD CLARENDON. — CUNIN-GRIDAINE. — DU PORT. — FOUCHÉ. — FRANÇOIS DE NEUFCHATEAU, etc,

8. MINISTRES.

Lettres autographes, signatures, apostilles. 16 dossiers, dont :

GUERNON-RANVILLE (de). — GUIZOT. — GAETE (le duc de). — LE BRUN. — DE MANTEUFFEL. — PORTILLO. — REGNAUD DE SAINT-JEAN-D'ANGELY, 1813. — SALVANDY. — TERRIER. — TURGOT, etc.

9. MAGISTRATS. L. a. s.

DE LA PALME. — LANDRIN. — LETOURNEUX. — MARRAST. — MOREAU. — NOGENT SAINT-LAURENT. — PICOT. — POUX-FRANKLIN. — TEULON. Ens. 9 dossiers.

10. CLERGÉ, ARCHEVÈQUES ET CARDINAUX.

Lettres autographes signées et Lettres signées. 14 dossiers.

AFFRE (arch. de Paris). — THOMAS (arch. de Reims). — DE BONALD (arch. de Lyon). — CLERMONT-TONNERRE (arch. de Toulouse). — COSNAC (arch. de Sens). — DONNET (arch. de Bordeaux). 3 L. — DU PONT (arch. de Bourges). 2 L. — GARIBALDI (arch. de Myre). — GODEFROY (arch. de Rennes). — DE LA CROIX (arch. d'Auch. — MATHIEU (arch. de Besançon — MORLOT (arch. de Tours). 2 L. — PAULUS (arch. de Javon). — WISEMAN (arch. à Londres).

11. CLERGÉ, ÉVÈQUES.

Lettres autographes signées et Lettres signées. 36 dossiers, dont :

ARMAND (év. de Géronte). — BABA (év. de Châlons-sur-M.) — BERTANO (év. de Tulle). — BONNECHOSE (év. de Carcassonne). — BRUILLARD (év. de Grenoble). — CHATEL (fondateur de l'Eglise catholique française). — DU FÊTRE (év. de Nevers). — DUPANLOUP (év. d'Orléans). PAVY (év. d'Alger). — PLANTIER (év. de Nîmes). — THIBAULT (év. de Montpellier), etc., etc.

12. CLERGÉ, ECCLÉSIASTIQUES DIVERS.

Lettres autographes signées, Lettres signées. 21 dossiers, dont :

BARILLOT. — BUQUET (vic. gén.). — COLLIN. — COMBALOT. — DEBEAUVAIS. — DEGUERRY. — D'ESPAGNAC. — GENOUDE. — MARIE. — ORSINI (vic. gén.). — RAYMOND. — SERRES. — FRÈRE PHILIPPE. — FRÈRE ANTOINE, abbé de MELLERAYE, etc.

13. PASTEURS — ET RABBIN.

CUVIER. L. a. s. — MONOD. 2 l. a. s. — GRAND-PIERRE. L. a. s. ISIDOR. L. a. s. Ens. 4 dossiers.

14. ARMÉE, MINISTRES DE LA GUERRE ET DE LA MARINE.

ABANCOURT (D'). S. — BERNADOTTE. S. — BERTRAND DE MOLLE-VILLE. S. — BOUCHOTTE. S. — BOURDON. S. — DALBARADE. S. — DECRÈS. A. a. s. — DUBOIS-CRANCÉ. — DUPORTAIL. S. — DUPONT. S. — FELTRE (Duc de). S. — FORFAIT. S. — GRAVE (Comte de). S. MACKAU. S. — MILET-MOINEAU. L. a. s. — MONGE. S. — PACHE. S., portrait. — PETIET. S. — TRUQUET. S. Ens. 19 dossiers.

15. ARMÉE, AMIRAUX ET OFFICIERS DE MARINE.

Lettres autographes, signatures. 19 dossiers, dont :

BÉRARD. — CANDÉ (Maussion de). — DESFOSSÉS. — DORET. — DUPERRÉ. —DUQUESNE. — GOURDON (De). — HAMELIN. — D'HAR-COURT. — HERNOUX. — DE LA MOTTE-PICQUET. — LA PIERRE. — LE PREDOUR. — MONTAGNIES DE LA ROQUE.—RIGAULT DE GENOUILLY. — TRÉHOUART. — VAILLANT. — VERNINAC (De), etc.

16. ARMÉE, MARÉCHAUX.

AUGEREAU. S. — BARAGUEY-D'HILLIERS. S. — BELLE-ISLE (Duc de). S. port.—BELLUNE. L. a. s. — BERTHIER. S.—BESSIÈRES. S.—BIRON (Duc de). S. — BOURMONT. Ap. a. S. — CASTELLANE. S. — CLAUZEL. S. — Ens. 10 dossiers.

17. ARMÉE, MARÉCHAUX.

COIGNY (Duc de) S. — GOUVION-SAINT-CYR. B. a. s. —GROUCHY. S. — HARISPE. Ap. a. s. — JOURDAN. S. — LEFÉVRE. L. a. s. et 1 pièce s. — LE ROY-SAINT-ARNAUD. 1 l. a. s., 2 s. — MACDONALD. 1 l. a. s., 1 s. — MAC-MAHON, 2 s. — MAISON. S. Ens. 10 dossiers.

18. ARMÉE, MARÉCHAUX.

MARMONT. S. MOLITOR. B. a. s. — MORTIER. Ap. a. s. — NEY. L. a. s. — NIEL. 4. l. a. s. — OUDINOT. 2 s. — SOULT. 1 l. a. s. et 3 s. — SUCHET. 2 s. — VAILLANT. 3 l. a. s. — Ens. 9 dossiers.

19. ARMÉE.

RICHELIEU (Maréchal duc de). 2 l. a. dont 1 signée et adressées à M. Tranchere, procureur syndic de la ville de Bordeaux, 1768-1769, enveloppe et cachet.

20. ARMÉE, OFFICIERS GÉNÉRAUX.

Lettres autographes, signatures, etc. 40 dossiers, dont :

ANDRÉOSSY. — AUBERT DU BAILLET. — D'ASTORG. — AVERAY (DUC D'). — BARBOU. — BELLIARD. — BERRUYER. — BERTRAND. — BESENVAL. — BEURNONVILLE. — BEUSSER. — BONNET. — BOSQUET. BUGEAUD. — BRÉA. — BRUNE. — CADOUDAL. — CANCLAUX. — CAN-ROBERT, etc.

21. ARMÉE, OFFICIERS GÉNÉRAUX.

Lettres autographes, signatures, etc. 40 dossiers, dont :

CAVAIGNAC. — CHABAUD-LATOUR. — CHAMPIONNET. — CHARON. — COMPANS. — CRAMAYEL (De). — DEIPANS DE CUBIÈRES. — DAUMAS. — DAUMESNIL. — DEJEAN. — DELABORDE. — DELARUE. — DELORT. — DESPERRIÈRES. — DILLON. — DROUOT. — DUGUA. — DUROC. — DUVIVIER. — DUTEIL. — EXELMANS. — FLEURY. — FOREY. — FOUCHER, etc.

22. ARMÉE, OFFICIERS GÉNÉRAUX.

Lettres autographes, signatures, etc. 38 dossiers, dont :

GACHOT. — GASSENDI. — GOYON (De). — GRAND. — GUDIN. — HERBILLON. — HUBERT. — HUREAU SENARMONT. — JOMINI. — JUSUF. — KLÉBER. — LACOMBE. — LAMARQUE. — LAMETH. — LA RUE. — LATOUR-DUPIN. — LAVEAUX. — LEGRIEL. — LENOBLE. — LEVAILLANT. — LORGE. — LUZY-PELISSAC. — MARBOT, etc.

23. ARMÉE, OFFICIERS GÉNÉRAUX.

Lettres autographes, signatures, etc. 40 dossiers, dont :

MARCHAND. — MAREY-MONGE. — MENOU. — MONTAUBAN. — MONTEBELLO. — MONTHOLON. — ORNANO. — OUDINOT. — PELISSIER. — PERROT. — PETIT (*celui des adieux de Fontainebleau*). — PICARD. — PICHEGRU. — PRAX. — PUYSÉGUR (P.-L.), e.c.

24. ARMÉE, OFFICIERS GÉNÉRAUX.

Lettres autographes, signatures, etc. 37 dossiers, dont :

RAMBAUD. — RANDON. — RAPATEL. — REGNAUD ST-JEAN-D'ANGELY. — REY. — RICARD. — RONSIN. — RUMIGNY. — SÉGUR (Ph. P. de). — SIMÉON. — SOLEIL. — SOUMAIN. — SPARRE. — TALANDIER. — TOURNEMINE. — TOURVILLE. — TROCHU. — VINOY, etc.

25. ARMÉE, COLONELS.

Lettres autographes, signatures. 39 dossiers, dont :

BERRYER. — BERTIN. — BRAHANT. — BUCHOZ-HILTON. — BRIQUEVILLE (De). — DE NOUE. — DUMOULIN. — FORESTIER. — LARDENOIS. — MAIZIÈRE. — MALLET (De). — MONTAIGU. — PAULIN. — RAYMOND, etc.

26. ARMÉE, INTENDANTS MILITAIRES.

Lettres autographes, signatures. 14 dossiers, dont :

BEAUVOIR. — BOILLEAU. — BOISSY-D'ANGLAS. — CHÉNIER. — CHEVRIAUX. — D'AURE. — GENTY DE BUSSY, etc.

27. PAIRS DE FRANCE.

Lettres autographes et signatures. 19 dossiers, dont :

BETHISY (Le marquis de). — BOISSY (Le marquis de). — BONDY (Comte de). — BROGLIE (De). — CALVIMONT. — CAMBACÉRÈS. — DELESSERT (Gab.). — FOY (Le comte de). — KERGOLAY. — LAROCHEFOUCAULD (Duc de). — MAILLÉ (Duc de). — MAREUIL. — MONTALIVET (Comte de). — NOÉ (Comte). — PASQUIER (Duc). — PASTORET (Marquis de). — PUYSÉGUR. — RAMBUTEAU, etc.

28. SÉNATEURS.

FONTANE. S. — MIMEREL DE ROUBAIX. 2 l. a. s. — VARENNE. L. a. s. Ens. 3 dossiers.

29. CONSEILLERS D'ETAT.

CHAMPAGNY. B. a. s. — CHASSERIAU. 2 l. a. s. — DARRICAUS L. a. s. — FAIN (Le baron). S. — HELY D'OISSEL. L. a. s. 3 pages in-4. Ens. 5 dossiers.

30. CONVENTIONNELS.

ANACHARSIS AOOTZ (J.-B.), De l'Oise. L. a. s. Avec un portrait. ANTHOINE, de la Moselle. B. a. s. — AOUST, du Nord. B. a. s. — ARBOGARST, du Bas-Rhin. L. a. s. — AUBRY, du Gard. L. a. s. — ANDREIN, du Morbihan. L. a. s. — BABEY, du Jura. L. a. s. — BALIVET, de la Haute-Saône. L. a. s. — BAILLEUL, de la Seine-Inférieure. L. a. s. — BAILLY DE JUILLY, de Seine-et-Marne. L. a. s. Ens. 10 dossiers.

31. CONVENTIONNELS.

BAYLE, des Bouches-du-Rhône. L. a. s. — BAUDRAN, de l'Isère. L. a. s. — BAUDIN, des Ardennes. L. a. s. — BAUCHETON, du Cher. L. a. s. — BASSAL, de Seine-et-Oise. Ap. a. s. — BARROT, de la Lozère. Reçu a. s. — BARTHÉLEMY, de la Haute-Loire. Ap. a. s. BARRAS, du Var. L. a. s. Avec 2 port. — BARBEAU-DUBARRAN, du Gers. Ap. a. s. — BABAILOX, de la Creuze. L. a. s. — BALLAND, des Vosges. N. a. s. Ens. 10 dossiers.

32. CONVENTIONNELS.

BAZIRE, de la Côte-d'Or. L. a. s. — BEAUGEARD. L. a. s. — BECKER, de la Moselle. L. a. s. — BEFFROY, de l'Aisne. 2 l. a. s. 2 ap. a. s. — BÉDAUD, de Saône-et-Loire. B. a. s. — BERLIER, de la Côte-d'Or. L. a. s. — BERNARD SAINTES, de la Charente-Inférieure. 2 b. a. s. — BERTUCAT, de Saône-et-Loire. L. a. s. — BESSON, du Doubs. L. a. s. — BEZARD, de l'Oise. L. a. s. Ens. 10 dossiers.

33. CONVENTIONNELS.

BISSY, de la Mayenne. Ap. a. s. — BLANC, de la Marne. Ap. a. s. — BLUTEL, de la Seine-Inférieure. B. a. s. — BÔ, de l'Aveyron. N. a. s. — BODIN, d'Indre-et-Loire. L. a. s. — BOHAN, du Finistère. L. a. s. — BOISSET, de la Drôme. Ap. a. s. — BOISSIEU, de l'Isère. L. a. s. — BOISSY D'ANGLAS, de l'Ardèche. L. a. s. 1 signature et 2 port. — BOLOT, de la Haute-Saône. Ap. a. et l. s. Ens. 10 dossiers.

34. CONVENTIONNELS.

BONNEMAIN, de l'Aube. Ap. a. s. — BONNET, de l'Aude. Ap. a. s. — BOREL, des Hautes-Alpes. B. a. s. — ROUCHER SAINT-SAUVEUR, de Paris. L. a. s. — BOURDON, du Loiret. L. a. s. — BOURGEOIS, de la Seine-Inférieure. L. a. s.—BOURGEOIS, d'Eure-et-Loir. L. a. s. — BOUSQUET, du Gers. L. a. s. — BOUSSION, du Lot-et-Garonne. L. a. s. — BOUYGUES, du Lot. L. a. s. Ens. 10 dossiers.

35. CONVENTIONNELS.

BRÉARD, de la Charente-Inférieure. L. a. s. — BRUNEL, de l'Hérault. L. a. s. — BEZOT, de l'Eure. L. a. s. 2 port. — CALON, de l'Oise. 1 l. a. s. et 2 s. — CAMUS, de la Haute-Loire. 1 l. a. s. 2 s. port. — CARNOT, du Pas-de-Calais. 1 ap. a. s. et 2 s. — CARRA, de Saône-et-Loire. L. a. s. port. — CASENAVE, des Basses-Pyrénées. L. a. s. — CASSANYES, des Pyrénées-Orientales. Ap. a. s. — CHALES, d'Eure-et-Loir. B. a. s. Ens. 10 dossiers.

36. CONVENTIONNELS.

CHAMPIGNY, d'Indre-et-Loire. L. a. s.— CHARLIER, de la Marne. B. a. s. — CHARREL, de l'Isère. L. a. s. — CHASSET. L. a. s. port. — CHAUMONT, d'Ile-et-Vilaine. Ap. a. s. — CHAZAL, du Gard. L. a. s. — CHIAPPE, de la Corse. L. a. s. — CLAVERIE, de Lot-et-Garonne. L. a. s. — CLEDEL, du Lot. L. a. s. — COLOMBEL, de l'Orne. L. a. s.— COUTURIER, de la Moselle. L. a. s. Ens. 10 dossiers.

37. CONVENTIONNELS.

CUSSET, du Rhône. L. a. s. — DANDENAC, de Maine-et-Loire. L. a. s. — D'AUBERMESNIL, du Tarn. Ap. a. s. — DAUNOU, du Pas-de-Calais. 1 l. a. s. et 2 s. — DECHÉZEAU DE LA FLOTTE, de la Charente-Inférieure. L. a. s. — DELAHAYE, de la Seine-Inférieure. L. a. s. — DELBREL, du Lot. L. a. s. — DELMAS, de la Haute-Garonne. L. a. s. — DENTZEL, du Bas-Rhin. 2 ap. a. s. — DERAZEY, B. a. s. Ens. 10 dossiers.

38. CONVENTIONNELS.

DESACY, de la Haute-Garonne. L. a. s. — DESCAMPS, du Gers. L. a. s. — DESGROUAZ, de l'Orne. L. a. s. — DESPINASSY, du Var. S. — DEVARS, de la Charente. L. a. s. — DE VÉRITÉ, de la Somme. L. a. s. — DEVILLE, de la Marne. L. a. s. — DEYDIER, de l'Ain. L. a. s. — DOULCET DE PONTÉCOULANT, du Calvados. 1 l. a. s. 2 s. — DUBIGNON, d'Isle-et-Vilaine. L. a. s. Ens. 10 dossiers.

39. CONVENTIONNELS.

DUBOÉ, de l'Orne. L. a. s. — DUBOIS, de l'Orne. B. a. s. — DUBOIS-DUBAIS, du Calvados. 1 ap. a. s. 1 s. — DUCOS, des Landes. L. a. s. — DUFRICHE-VALAZÉ, de l'Orne. L. a. s. — DUGUÉ-DASSÉ, de l'Orne. Ap. a. s. — DUHEM, du Nord. L. a. s. — DUPONT, d'Indre-et-Loire. L. a. s. — DUQUESNOY, du Pas-de-Calais. L. a. s. — DUROY, de l'Eure. L. a. s. Ens. 10 dossiers.

40. CONVENTIONNELS.

DUTROU-BORNIER, de la Vienne. L. a. s. — DUVAL, de la Seine-Inférieure. L. a. s. — DYZEZ, des Landes. L. a. s. — ENLART, du Pas-de-Calais. L. a. s. — FABRE, des Pyrénées-Orientales. L. a. s. — FAURE, de la Haute-Loire. L. a. s. — FAYAU, de la Vendée. L. a. s. — FAYE, de la Haute-Vienne. L. a. s. — FAYOLLE, de la Drôme. Ens. 10 dossiers.

41. CONVENTIONNELS.

FERROUX DE SALINS, du Jura. L. a. s. — FERRY, des Ardennes. L. a. s. — FOUCHER, du Cher. 2 l. a. s., 2 s. — FOURMY, de l'Orne. L. a. s. — FOURNEL, de Lot-et-Garonne. L. a. s. — FRÉCINE, de Loir-et-Cher. L. a. s. — FRÉMANGER, d'Eure-et-Loire. L. a. s. — FROGER, de la Sarthe. L. a. s. — GENTIL, du Loiret. B. a. s. — GERTOUX, des Hautes-Pyrénées. L. a. s. Ens. 10 dossiers.

42. CONVENTIONNELS.

GILET, du Morbihan. L. a. s. — GIRARD, de l'Aude. L. a. s. — GRENOT, du Jura. L. a. s. — GIRAUD, de la Charente-Inf. L. a. s. GINOT-POUZOL, du Puy-de-Dôme. Ap. a. s. — GODEFROY, de l'Oise. L. a. s. GOMAIRE du Finistère. B. a. s. — GOUPILLEAU, de la Vendée. L. a. s. — GOUZY, du Tarn. L. a. s. — GRANET, des Bouches-du-Rhône. — GRÉGOIRE, de Loir-et-Cher. L. a. s. 2 port. Ens. 11 dossiers.

43. CONVENTIONNELS.

GUERMEUR, du Finistère. Reçu A. s. — GUEZNO, du Finistère. L, a. s. — GUFFROY, du Pas-de-Calais. L. a. s. — GUILLEMARDET, de Saône-et-Loire. L. a. s. — GUIMBERTEAU, de la Charente. 2 l. a. s. — GUYARDIN, de la Haute-Marne. L. a. s. — GUYOMARD, des Côtes-du-Nord. Ap. a. s. — GUYOT, de la Côte-d'Or. Ap. a. s. — GUYTON-MORVEAU, L. a. s. — HARDY, de la Seine-Inf. L. a. s. Ens. 10 dossiers.

44. CONVENTIONNELS.

HARMAND, de la Meuse. L. a. s. — HAVIN, de la Manche. Ap. a. s. HENTZ, de la Moselle. Ap. a. s. — HOURIER, de la Somme, L, a. s. — HUBERT DUMANOIR, de la Manche. L. a. s. — HUGUET, de la Creuse. L. a. s. — HUMBERT, de la Meuse. L. a. s. — ICHON, du Gers. Ap. a. s. — INGRAND, de la Vienne. L. a. s. — Ens. 10 dossiers.

45. CONVENTIONNELS.

IZOARD, des Hautes-Alpes. L. a. s. — JACOMIN, de la Drôme. L. a. s. — JAGOT, de l'Ain, L. a. s. — JARY, de la Loire-Inf. B. a. s. — JEANBON DE SAINT-ANDRÉ, du Lot. 1 L. a. s., 1 ap. a. s., 1 s. — JULIEN, de Toulouse. L. a. s. — KERVELEGAN, du Finistère. L. a. s. — LABOYSSIÈRE, du Lot. Ap. a s. — LACOSTE, du Cantal. L. a. s. — LACRAMPE, des Hautes-Pyrénées. L. a. s. Ens. 10 dossiers.

46. CONVENTIONNELS.

LACROIX DE CONSTANT, de la Marne. 1 L. a. s., 2 ap. a. s. — LACROIX, de la Haute-Vienne. L. a. |s. — LAIGNELOT, de Paris. L. a. s. — LALANDE, de la Meurthe. L. a. s. — LANJUINAIS, d'Ille-et-Vilaine. L. a. s., port. — LAPLANCHE, de la Nièvre. L. a. s. — LAPORTE, du Haut-Rhin. Ap. a. s. — LAURENS, des Bouches-du-Rhône. L. a. s. — LAURENT, du Bas-Rhin. L. a. s. — LAURENT, de Lot-et-Garonne. L. a. s. Ens. 10 dossiers.

47. CONVENTIONNELS.

LE BAS, du Pas-de-Calais. — LEBRETON, d'Ille-et-Vilaine. L. a. s. — LECOINTE, des Deux-Sèvres. L. a. s. — LECOINTRE, de Seine-et-

Oise. L. a. s. — LEFEBVRE, de la Loire-Inf. L. a. s. — LEFEBVRE de Chailly, de la Seine-Inf. L. a. s.— LEFIOT, de la Nièvre. 2. L. a. s. — LEGENDRE, de la Nièvre. L. a. s. — LEMALLIAUD, du Morbihan. 2 l. a. s. — LEMOYNE, de la Manche. L. a. s. — LEPELLETIER DE SAINT-FARGEAU, de l'Yonne. S. 2 port. Ens. 10 dossiers.

48. CONVENTIONNELS.

LEQUINIO DE KERBLAY, du Morbihan. L. a s. — LETOURNEUR, de la Manche. L. a. s. et plusieurs s. — LEYRIS, du Gard. L. a. s. LINDET, de l'Eure. L. a. s. — LINDET (R. T.), de l'Eure. L. a. s. — LOFFICIAL, des Deux-Sèvres. Note a. s. — LOMONT, du Calvados. L. a. s. — LONCLE, des Côtes-du-Nord. L. a. s. — LOUCHET, de l'Aveyron. — LOUIS, du Bas-Rhin. L. a. s. Ens. 10 dossiers.

49. CONVENTIONNELS.

LOUVET, de la Somme. L. a. s. — LOYSEL, de l'Aisne. L. a. s. LOZEAU, de la Charente-Inf. 2 l. a. s. — MAIGNEN, de la Vendée. 2 l. a. s. — MAISSE, des Basses-Alpes. L. a. s. — MALLARMÉ, de la Meurthe. L. a. s. — MARBOZ, de la Drôme. Ap. a. s. — MARIBON MONTANT, du Gers. L. a. s. — MARIETTE, de la Seine-Inf. L. a. s. — MARQUIS, de la Meuse. L. a. s. Ens 10 dossiers.

50. CONVENTIONNELS.

MARTEL, de l'Allier. L. a. s. — MAURE, de l'Yonne. L. a. s. — MÉAULLE, de la Loire-Inf. L. a. s. — MÉJANSAC, du Cantal. L. a. s. — MERLIN, du Nord. 3 L. a. s., 2 ap. a. s. — MERLIN, de la Moselle. Ap. a. s. — MERLINOT, de l'Ain. L. a. s. — MEYNARD, de la Dordogne. L. a. s. — MICHAUD, du Doubs. 2 L. a. s.— MICHEL, de la Meurthe. L. a. s. Ens. 10 dossiers.

51. CONVENTIONNELS.

MILHAUD, du Cantal. L. a. s. — MOLLEVANT, de la Meurthe. L. a. s. — MONESTIER, du Puy-de-Dôme. L. a. s. — MONESTIER (P. L.), de la Lozère. L. a. s. — MUSSET, de la Vendée. L. a. s. NION, de la Charente-Inf. L. a. s. — OPOIX, de Seine-et-Marne. L. a. s. — OSSELIN, de Paris. L. a. s. — OUDOT, de la Côte-d'Or. 1 L. a. s., 1 ap. a. s.—PATRIN, de Rhône-et-Loire. L. a. s. Ens. 10 dossiers.

52. CONVENTIONNELS.

PELLÉ, du Loiret. L. a. s. — PELLETIER, du Cher. 2 L. a. s.— PÉPIN, de l'Indre. L. a. s. — PÉRARD, de Maine-et-Loire. L. a. s. — PÉRIÈS, de l'Aude. — PERSONNE, du Pas-de-Calais. B. a. s. — PEYRE, des Basses-Alpes. L. a. s. — PHILIPPEAUX, de la Sarthe. — PIERRET, de l'Aube. Ap. a. s. — PILASTRE, de Maine-et-Loire. L. a. s. — PINET, de la Dordogne. — PIORRY, de la Vienne. Ens. 12 dossiers.

53. CONVENTIONNELS.

POCHOTTE, de la Seine-Inf. L. a. s. — POINTE, de Rhône-et-Loire. L. a. s. — POISSON, de la Manche. — PONS DE VERDUN, de la Meuse. B. a. s. — PORTIEZ, de l'Oise. 2 L. a. s.— POTTIER, d'Indre-et-Loire, Ap. a. s. — POULAIN, de la Marne. — POULLAIN DE GRANDPRÉ, des Vosges. 1 L. a. s., 1 ap. a. s. — POULTIER D'ELMOTTE, du Nord. L. a. s. — PRIEUR DU VERNOIS, de la Côte-d'Or. L. a. s. Ens. 10 dossiers.

54. CONVENTIONNELS.

Prost. du Jura. B. a. s. — Prunelle, de l'Isère. L. a. s. — Quinette, de l'Aisne, L. a. s. — Rabaud Saint-Étienne, de l'Aube. Réal, de l'Isère. — Révellière-Lepeaux, de Maine-et-Loire. Ap. a. s. — Reverchon, de Saône-et-Loire. B. a. s. — Reynaud, de la Haute-Loire. L. a. s. — Quirot, du Doubs. L. a. s. — Ramel Nogaret, de l'Aude. B. a. s. Ens. 10 dossiers.

55. CONVENTIONNELS.

Ribet, de la Manche. A. s. — Richard, de la Sarthe. L. a. s. — Richou, de l'Eure. L. a. s. — Ricord, du Var. L. a. s. — Ritter, du Haut-Rhin. 1 L. a. s., 1 ap. a. s. — Rivaud, de la Haute-Vienne, L. a. s. — Robespierre (Aug.-Bon.-Jos.), de Paris. L. a. s. — Robin, de l'Aube. A. s. — Rouault, du Morbihan. Reçu a s. — Roussel, de la Meuse. A. s. Ens. 10 dossiers.

56. CONVENTIONNELS.

Roux, de la Haute-Marne. L. a s. — Roux Fazillac, de la Dordogne. — Rouyer, de l'Hérault. L. a. s. — Rovère, des Bouches-du-Rhône. L. a. s. — Roy, de Seine-et-Oise. L. a. s. — Ruault. de la Seine-Inf. L. a. s. — Rudel, du Puy-de-Dôme. Ap. a. s. — Saint-Martin, de l'Ardèche. L. a. s. — Saladin, de la Somme. B. a. s. — Salléles, du Lot. L. a. s. Ens. 10 dossiers.

57. CONVENTIONNELS.

Sallengros, du Nord. L. a. s. — Salles, de la Meurthe. L. a. s. — Salmon, de la Sarthe. Ap. a. s. — Saurine, des Landes. Ap. a. s. — Savary, de l'Eure. L. a. s. — Savornin, des Basses-Alpes. L. a. s. — Seconds, de l'Aveyron. L. a. s. — Seguin, du Doubs. L. a. s. — Sergent, de Paris. L. a. s. — Servonat, de l'Isère. — Ap. a. s. Ens. 10 dossiers.

58. CONVENTIONNELS.

Sevestre, de l'Ile-et-Vilaine. L. a. s. — Similor, de la Haute-Saône. L. a. s. — Sieyes, de la Sarthe. A. s. — Souhait, des Vosges. A. s. — Taillefer, de la Dordogne. L. a. s. — Tallien, de Seine-et-Oise. Reçu A. s. port. — Texier, de la Creuse. L. a. s. — Thabaud, de l'Indre. L. a. s. — Thibaudeau, de la Vienne. L. a. s. — Thibault, du Cantal. L. a. s. Ens. 10 dossiers.

59. CONVENTIONNELS.

Thierret, des Ardennes. L, a. s. — Thirion, de la Moselle. L. a. s. — Turreau, de l'Yonne. L. a. s. — Venaille, de Loir-et-Cher. L. a. s. — Verner,ey du Doubs. L. a. s. — Vernier, du Jura. — Vidalin, de l'Allier. Ap. a. s. — Vigneron, de la Haute-Saône. L. a. s. — Villers, B. a s. — Villette, de l'Oise. L. a. s. port. — Vincent, de la Seine-Inf. — Viquy, de Seine-et-Marne. — Vitet, de Rhône-et-Loire. L. a. s. — Zangiacomi, de la Meurthe. Ap. a s. Ens. 14 dossiers.

60. CONVENTIONNELS.

19 Dossiers. Signatures et Portraits, dont :

Brissot de Warville. — Cambon. — Carrier. — Collot-d'Herbois. — Couthon. — Dubois-Crancé. — Fauchet. — Hérault de Séchelles. — Marat. Robespierre (Max.). Vergniaud, etc., etc.

61. CONVENTIONNELS.

182 Dossiers. Signatures, dont :

ALBERT. — BARÈRE. — BAUDOT. — BILLAUD-VARENNES. — CAMBACÉRÈS. — CHAMBON. — CHÉNIER (M.-J.) — DROUET. — DUPIN. DURAND-MAILLANE. — FRÉRON. — HAUSSMANN. — JOURDAN. — LAMARQUE. — LAVICOMTERIE. — LEGENDRE. — LIÉBAUT. — LOUVET. MAILLY. — MANUEL. — MOREAU. — PANIS. — PÉTION DE VILLENEUVE. — SAINT-JUST. — SAINT-PRIX. — SERRES. — THURIOT DE LAROSIÈRE, etc.

62. CONSEIL DES ANCIENS, Conseil des 500, etc.

Lettres autographes, apostilles, signatures. 25 dossiers, dont :

ANSEAUME. — ANNECY. — BASSENGE. — BAZOCHE. — FREMIN-BEAUMONT. — BERTRAND. — BLANQUI. — BOISSON. — BORDES. — BOREL. — BOURET. — BOURSAULT. — BOUTEVILLE. — CARRÈRE-LAGARIÈRE. — CHABOT DE L'ALLIER, etc.

63. CONSEIL DES ANCIENS, Conseil des 500, etc.

Lettres autographes, apostilles, signatures. 25 dossiers, dont :

CHAMBON-LATOUR. — CHAMPION. — COSNARD. — CRASSOUS. — DANJOU. — DECOMBEROUSSE. — DELACOSTE. — DUFAY. — DUPIN. — ÉDOUARD. — FABRE. — FAURE. — FOURNIOLS, etc.

64. CONSEIL DES ANCIENS, Conseil des 500, etc.

Lettres autographes, apostilles, signatures. 25 dossiers, dont :

FRANCASTEL. — GAILLARD. — GOUJON. — JACOB. — JARRY. — JEANNEST-LANOUE. — JOUBERT. — LÉMANE. — LOUVET, etc.

65. CONSEIL DES ANCIENS, Conseil des 500, etc.

Lettres autographes, apostilles, signatures. 25 dossiers, dont :

LUPOT. — MARAS. — MIEULLE. — NIDOUPPERODIN. — PICAULT. RICHAUD. — RIOU. — ROUSSEAU. — SERRES. — VAILLANT, etc., etc.

66. DÉPUTÉS.

ALBITTE aîné. P. s. — ALBOUIS L. a. s. — ALQUIER. L. a. s. — AMAR. L. s. — ANDREI. Ap. a. s. — BAR. L. s. — BORIE-CAMBORT. L. s. — CHABOT. S. port. — CHARBONNIER. S. — DERBY. S. — DORNIER. S. — DUPONT DE BIGORRE. S. — ESTADENS. S. — FOUCHÉ (Jos.). 1 L. a. s., 2. L. s. — FRANÇOIS. S. — GIROUST. S. — LACOMBE. S. — LAFOND. L. a. s. — LAKANAL. S. — PEYSSARD. S. Ens. 20 dossiers.

67. PERSONNAGES DE LA RÉVOLUTION.

BAILLY, maire de Paris. 5 P. s., 2 port. — BERTIER, intendant de Paris. 3 p. s. — BOUCHER, maire intérimaire de Paris. 1 p. s. — CHAMBON, maire de Paris. 1 p. s. — CHALIER, officier municipal de Lyon. 1 p. s., port. — FLESSELLES, prévôt des marchands de Paris. L. s. avec une ap. a. Ens. 6 dossiers.

68. PERSONNAGES DE LA RÉVOLUTION.

FLEURIOT-LESCOT, maire de Paris. 1 ap. a. s., 2 p. s. — FOUQUIER-TINVILLE, accusateur public. 1 L. a. s., 1 p. s., port. — GOUJON. L. a. s. Ens. 3 dossiers.

69. PERSONNAGES DE LA RÉVOLUTION.

HANRIOT, général en chef de l'armée révolutionnaire de Paris. 1 p. s., port. — LAFAYETTE, commandant la garde nationale parisienne. 1 reçu a. s., 4 p. s., port. grav. — HÉBERT, substitut du procureur de la commune de Paris. L. s., port. — GUILLOTIN, médecin de Paris. 1 p. s., port. Ens. 4 dossiers.

70. PERSONNAGES DE LA RÉVOLUTION.

HUGUENIN, président de la commune de Paris au 10 août. 1 p. s. — LE BRUN, 3e consul de la République. 2 L. a. s., port. — MAUREPAS. L. s. — MIRABEAU. 1 b. a. s., 1 L. s., port. Ens. 4 dossiers.

71. PERSONNAGES DE LA RÉVOLUTION.

MOMORO. 1 p. s. — MUSSET. L. a. s. — PALLOY, entrepreneur de la démolition de la Bastille. 3 L. a. s. et diverses pièces. — THOURET, médecin. L. a. s. Ens. 4 dossiers.

72. PERSONNAGES DE LA RÉVOLUTION.

NECKER, contrôleur des finances. 1 p. s., plus. port. et grav. — PÉTION, maire de Paris. 1 p. s., plus. port. — PÉTION père. L. a. s. SANTERRE, commandant la garde nationale de Paris. 2 p. s. — SOMBREUIL, gouverneur des Invalides. 1 p. s. — TARGET, député de Paris. 1 p. s., plus. port. Ens. 6 dossiers.

73. PERSONNAGES DE LA RÉVOLUTION.

ROEDERER. 1 p. s. — CHAUMETTE, procureur de la commune de Paris. 1 p. s., port. — LULIER, procureur général syndic du départ. de Paris. 2 p. s. — MAILLARD, huissier au Châtelet de Paris. 1 b. a. s., 3 p. s. — MANUEL, procureur de la commune de Paris. 1 ap. a. s., 1 p. s. — MEHÉE DE LA TOUCHE, secrétaire de la commune de Paris. 2 p. s. Ens. 6 dossiers.

74. REPRÉSENTANTS DE 1848.

Lettres autographes, apostilles, signatures. 50 dossiers, dont :

ARAGO (Et.). — BAROCHE. — BARROT (Ferd.). — BEDEAU. — BENOIST-D'AZY. — BERGER. — BERRYER. — BIXIO. — BONJEAN. — BOULAY DE LA MEURTHE. — BUGEAUD, etc.

75. REPRÉSENTANTS DE 1848. Lettres autographes, apostilles, signatures. 50 dossiers, dont :

CAUSSIDIÈRE. — CAVAIGNAC (Eug.). — CHANGARNIER. — CHARRAS. CHASSELOUP-LAUBAT. — CLARY. CONSIDÉRANT. — CORMENIN. — DROUYN DE L'HUYS. — DUCOS. — DUPIN aîné. — DUVERGIER DE HAURANNE. — ESTANCELIN. — DE FALLOUX, etc.

76. REPRÉSENTANTS DE 1848. Lettres autographes, apostilles, signatures. 50 dossiers, dont :

FAUCHER (Léon). — FAVRE (Jules). — FOULD (A.). — GIRARDIN (Ém. de). — LACORDAIRE. — LAFAYETTE. — LAFFITTE (Ch.), etc.

77. REPRÉSENTANTS DE 1848. Lettres autographes, apostilles. signatures. 50 dossiers, dont :

LAMARTINE. — LAMENNAIS. — LA MORICIÈRE. — LARABIT. — LA ROCHEJAQUELIN. — LAURISTON. — LEDRU-ROLLIN. — MAGNAN. MAGNE. — MARIE. — MARRAST. — MOLÉ. — NADAUD, etc.

78. REPRÉSENTANTS DE 1848. Lettres autographes, apostilles, signatures. 63 dossiers, dont :

NOEL PARFAIT. — DE PARIEU. — PASSY. — PORTALIS. — PROUD'HON. — QUINET. — ROUHER. — SAINT-HILAIRE (Barth.). — SAINTE-BEUVE. — THOURET (Antony). — TOCQUEVILLE (Alexis de), etc.

79. THIERS (Adolphe). L. a. s., *Paris*, 24 mars 1848. Lettre très-curieuse relative à sa candidature. — THIERS (Mme). L. a. s à lady Holland.

80. DÉPUTÉS. Lettres autographes, apostilles, signatures. 20 dossiers, dont :

D'AUBIGNY. — BACOT. — BALSAC. — BARMEL. — BELLEYME (de). — BENJ. CONSTANT. — BILLAULT. — BLANC (Éd.). — BRAME. — DALMATIE (duc de). — DALLOZ. — DARU, etc.

81. DÉPUTÉS. Lettres autographes, apostilles, signatures. 20 dossiers, dont :

DUGABÉ. — DU MIRAL. — ESCHASSERIAUX. — FREMICOURT. — FREMIN. — GARAT. — GAUTHIER D'UZERCHE — GRAMMONT (marquis de). — HYDE DE NEUVILLE. — JOUVENCEL. — JUBINAL. — DE JUSSIEU. — LAFAYETTE (Georges), etc.

82. DÉPUTÉS. Lettres autographes, apostilles, signatures. 20 dossiers, dont :

LALOT (De). — LEMERCIER. — MALLAY. — MASSABIAU. — MÉRODE (Comte de). — PARANT. — PEYRUSSET. — RAINNEVILLE (De). — RÉMUSAT (Comte de). — SÉGUR (Comte de). — TORCY (Marquis de). — VUITRY, etc.

83. COMMISSAIRES DU GOUVERNEMENT EN 1848.

CHANAL. 2 L. a. s. — CHEVREAU. L. a. s., 4 pages in-fol. — DELANGLARD. L. a. s. — FLORENT et FAITPOULT. S. — HORDÉ. L. a. s. — LÉCUREUX. L. a. s. — LORENTZ. L. a. s. — VERGERS. L. a. s., 3 pages in-4. Ens. 8 dossiers.

84. PRÉFETS. Lettres autographes, apostilles, signares. 23 dossiers, dont :

ALLIN. — BARANTE. — BOISSY D'ANGLAS. — BORELLI. — CARLIER. — DUBOIS. — GISQUET. — GERVAIS. — GRILLE. — LADOUCETTE. — OLLIVIER (Em.). — PETIT DE LA FOSSE. — VASSE, etc.

85. DIVERS.

BORME fils, chimiste, détenu politique. 2 L. a. s.—Défense devant les jurés contre les républicains rouges, affaire du 15 mai. 8 pages in-fol. A. s.

86. DIVERS.

PORNIN dit la Jambe-de-Bois (détenu politique de 1848). L. a. s. 4 pages in-folio, à M. Boudet, président de la Commission des anciens condamnés politiques.

87. DIVERS.

ABBEMA. 1 p. s. — ALLOGUIER, accusateur militaire. L. a. s. — GRIMMER, L. a. s. — ROUYER. L. a. s. — DE VERDUN. L. a. s. Ens. 4 dossiers.

88. DIVERS.

ABD-EL-KADER. S. — CHALAIS-PÉRIGORD. L. a. s. — CAMBIS (marquis de). 2 L. a. s.— CHATEAUBRIAND. L. a s. — CLÉMENT DE RIS (1782). L. a. s. — CLERMONT-TONNERRE. L. a s.— DE CASES. 2 L. a. s. — DESGRANGES (Comte Alix). L. a. s., à Réchid-Pacha. — DéSIRABODE (Alph.). 1 L. a s., 2 L. s.—DINO TALEYRAND. L. a. s. — D'OMS. L. a. s. — DUMONT (Arist.-Laurent). L. a. s. — D'EsTOURMEL. L. a. s. — — FOURIER (Baron). S. — FRANÇAIS (le comte). S. Ens. 15 dossiers.

89. DIVERS. Lettres autographes signées. 22 dossiers, dont :

BASSANO (Duc de). — BÉTHUNE (Prince de). — BORELY. — BRISSOT. — CASSINI (Géographe). S. — DESTOURNELLE (Avocat). — DUBARRY (Vicomte). Billet de 14,400 l. tournois. — DUMOURIEZ (1769), etc.

90. DIVERS.

Signatures, Lettres autographes. 25 dossiers, dont :

BRANCAS Duc de). — CAULAINCOURT. — CHABAUD-LATOUR. — CLERMONT-TONNERRE. — JULES GÉRARD. — LA CROSSE. — LEFÉVRE DESNOETTES. — NÉGRIER. — NEY (Edgard). — MASSA (duc de). — TUPINIER, etc., etc.

91. DIVERS.

DEGOUVE-DENUNCQUES. 1 L. a. s., 2 L. s. — GAMBON. L. a. s.— LANDOLPHE (détenu politique). L. a. s. — LÉON (Comte), directeur de la Société pacifique. L. s. Ens. 4 dossiers.

92. DIVERS.

L. a. s. 22 dossiers, dont :

GARREAU. — DE LA GRANJA (Marquis). — DE LA ROCHEFOUCAULT. — LESSEPS (Th.). — D'ALBERT DE LUYNES (Duc). — MALLEFILLE. MEYNADIER DE FLAMALENS. — DE RIARIO SFORZA. — ROHAN. ROHAN, duc de Soubise. — ROLAND, serviteur de la famille d'Orléans. — ROVIGO (Duc de). — STACPOLE (Duc de). — LORD STANLEY. — DE TASSY. — VALORI DE LÉGÉ, etc.

93. DIVERS.

GHYKA (G.), ancien hospodar de Moldavie. L. a. s. (1856). — GUY DE LA TOUR DU PIN. L. a. s. — HÉRICART DE THURY, L. a. s. — KOECHLIN. L. a. s. — LABORDE (Comte de). 2 L. a. s. — LA ROCHEFOUCAULD, duc de Doudeauville (Sosthènes). 3 L. a. s., 2 L. s. — LA ROCHEFOUCAULD-LIANCOURT. 5 l. a. s. — L'ESPINE (Comte Em.). L. a. s. — MÉRODE (Comte Félix). L. a. s. — MONTMORENCY (Mathieu). S. — MONTMORENCY (Duc de). L. a. s. — MONTMORENCY-LAVAL. S. — MOUCHY (Duc de). L. a. s. — OLIVARÈS (Marquis de). L. a. s. — PETETIN (Anselme). L. a. s. — PONIATOWSKI. 2 L. s. — RADZIVILLE (Prince). L. a. s. — REGNAUD. S. — SÈZE (R. de). L. a. s. — TASSY. L. a. s. — TRYON-MONTALEMBERT. L. a. s. Ens. 21 dossiers.

94. DIVERS.

LAUZUN (Duc de), 1780. Ap. a. s. — NOAILLES (Duc de), 1728. L. a. s. — OGNY (Baron d'). 1 p. s. — SARTINE. L. s. — TARENTE, prince de Talleyrand. LALLY-TOLENDAL, duc de Richelieu. 1 p. s. — LUXEMBOURG (Duc de). 1 certificat signé avec 32 autres signatures. Ens. 6 dossiers.

95. ARTISTES DRAMATIQUES. L. a. s.

BOCAGE. — BROHAN (Madeleine). — CENTI (Mme Damoreau). — GEORGES (Mlle). — LOCKROY. — RISTORI (Mme). Ens. 5 dossiers.

96. ARTISTES PEINTRES. L. a. s.

BLONDEL. — COURBET. — DELAROCHE (Mme), née H. Vernet. — DELACROIX (Eug.). FLANDRIN (Hip.). — GIGOUX. — GUDIN (Th.). — INGRES. — JEANRON. — PÉRIGNON. — PICOT. — ROBERT-FLEURY. — TRAVIES. — VERNET (H.). — ZIÉGLER. Ens. 15 dossiers.

97. DAMES. L. a. s.

ANGERVILLE (Vic. d'). — APPONY (Th.). — BARROT (Ag. Odïlon). — BEAUMONT (Clém. de). 8 l. — BREUIL. — CHATEAUBRIAND. — CHOISEUL DE GRAMONT. — DAMESME. — DAMRÉMONT. — BARAGUEY-D'HILLERS. 2 l. — DANNERY. 2 l. — DROUYN DE LHUYS. — DE FOUCAULT. — D'HAUTEFORT, née Maillé. 3 pages in-4 adressées à Mme la duchesse de Berry. — GONTAUT-BIRON. — KERGOLAY. — DE LA TOUR-MAUBOURG. — DE LA TOUR DU PIN. — DE MAILLÉ. Ens. 16 dossiers.

98. DAMES. L. a. s.

MEYENDORFF. — MONTALEMBERT (De). — DE MONTEBELLO. 2 l. — DE MONVILLE. — NÉGRIER. — PONS DE WAGNER. — REVEL (princesse de). — MARIE DE SOLMS, née Bonaparte-Vyse. — TALLIEN. — TASCHER (Comtesse de). — VAILLANT (Maréchale). Ens. 11 dossiers.

99. FEMMES AUTEURS. L. a. s.

10 Dossiers, dont :

ANCELOT (Virginie). — BESNIER (Joséphine). — DASH (Comtesse). — FOA (Eug.). — HUGO (Adèle). — LAMARTINE (De). — SAND (George). 2 L. a. s., l'une de 7 pages adressée à M. Ed. About, après la chute de Gaëtana, l'autre de 3 pages à M. Champfleury. — SÉGALAS (Anaïs), etc.

100. HOMMES DE LETTRES.

Députés de 1848.

ARAGO (Fr.). L. a. s. — ALTAROCHE. L. a. s. — BLANC (Louis). B. a. s. — HUGO (V.). 6 L. a. s. — SUE (Eug.). L. a. s.

101. HOMMES DE LETTRES ET JOURNALISTES.

25 Dossiers, dont :

ALBY (Ernest). — BÉRANGER. — BERTIN (Armand). — BOURDON. — BULOZ. — CLAVELLE DOISY. — COGNIARD. — COMTE (Achille). — CHÉRUEL. — DUMAS père. — DURAT-LASALLE. — FEUILLET DE CONCHE. — FÉVAL (P.). — HÉBERT. — GOUACH (Jules), etc., etc.

102. HOMMES DE LETTRES ET JOURNALISTES.

20 Dossiers, dont :

GOZLAN. — GRANDMÉNIL. Lettre très-importante sur les événements de juin. — KARR (Alph.). — LACÉPÈDE. — LALLY-TOLENDAL. — LAYA. — LEGOUVÉ. — LEOUZON-LEDUC. — MARCO SAINT-HILAIRE (Em.). — MICHELET, etc.

103. HOMMES DE LETTRES ET JOURNALISTES.

20 Dossiers, dont :

MIRECOURT (Eug. Jacquot dit de). — MONTÉMONT. — PERRÉE. — PHILARÈTE CHASLES. — PHILIPON DE LA MADELAINE. — PITRE-CHEVALIER. — PONSARD. L. a. s. Une pétition à M. le ministre d'État signée Ponsard, Méry, J. Sandeau, L. Gozlan, E. Augier, J. Lacroix. — PRÉVOST-PARADOL. — R. DE BEAUVOIR. — SAINT-MARC GIRARDIN. — SCRIBE. — TOCQUEVILLE, (Hyp. de). — TURQUETY. L. a. s. et 4 pages de poésies adressées à M. de Lamartine. — VEUILLOT (L.). — VILLEMESSANT, etc., etc.

104. MÉDECINS. L. a. s.

BAUDIN. — BÉRARD. — CRUVEILHIER. — DEVERGIE. — HOFFMANN. — LARREY. — LEROY-D'ÉTIOLLES. — MAILLOT. — MARJOLIN. — PRUNELLE. — RICORD. — THILORIER. Ens. 12 dossiers.

105. MEMBRES DE L'INSTITUT ET SAVANTS.

CORDIER. — CUVIER. — DAGUERRE. — DESPRETS. — FLOURENS. GALIMARD. — GATTEAUX. — LEBAS. — LENORMANT. — LEVERRIER. — LONGEPIED. — MILNE-EDWARD. — PASCALLE. — PATIN. — VAÏSSE. Ens. 15 dosssers.

106. MUSICIENS ET COMPOSITEURS. L. a. s.

> 10 Dossiers, dont :
>
> ADAM (Adolphe). — AUBER. — BAILLOT. — BARBEREAU. — CARAFA. — CHOPPIN. — ELWART. — HALÉVY, etc.

107. MUSICIENS ET COMPOSITEURS. L. a. s.

> 9 Dossiers.
>
> GARAUDÉ. — KALKBRENNER. — MASSÉ. — MEYERBEER. — ONSLOW. — PLANARD. — ROSIER. — ROSSINI. — THOMAS (Amb.). 28 lettres.

108. SCULPTEURS, STATUAIRES, ARCHITECTES, etc. L. a. s.

> DANTAN aîné. — ETEX. — PRADIER. — RUDDE. — VISCONTI. Ens. 5 dossiers.

109. MANUSCRITS et Pièces curieuses, dont :

> Les lettres impitoyables, chansons, dossier concernant la garde nationale, etc.

---

110. PIÈCES DIVERSES. Un fort dossier.

111. PIÈCES CURIEUSES. Un fort dossier. Proclamations, Passe-ports, Professions de foi, etc.

RENOU et MAULDE, imprimeurs de la Compagnie des Commissaires-Priseurs, rue de Rivoli, 144   10717

www.ingramcontent.com/pod-product-compliance
Lightning Source LLC
LaVergne TN
LVHW011022180726
843502LV00007B/2689